日本人の個人主義

真水一滴

東京図書出版

目次

日本人の個人主義

はじめに

第二次世界大戦から日本人が学んだ一番大きなことは、「人間一人ひとりのいのちの大切さ」ではないでしょうか。

一人の人間のいのちは、その人独自のかけがえのないものであると同時に、数限りないいのちと縦横につながっています。

そこから常識レベルの個人の生き方を考えてみました。

日本人の個人主義

一

今日、日本人の間には、全体よりも個人を中心にものごとを考える個人主義が広くしみわたりつつありますが、この日本人の個人主義は、本家本元の欧米人の個人主義とはだいぶ違っているようです。

欧米人といってもここでは信仰心のあついクリスチャンを思い浮かべていただきたいのですが、その欧米人の個人主義のバックボーンにはキリスト教があり、個人は人類をはじめ宇宙の全てを創造したとされる全能の神と固い絆で結ばれ、その反面神との契約により道徳的に強くしばられます。

これに対し、多くの日本人の個人主義にはキリスト教というバックボーンがありません。個人のかたわらに全能の神はおらず、個人は他の人々とのつながりが細く頼りないものになれば全くの孤独であり、神による道徳的しばりも受けないのです。

このような日本人の個人主義は、自分の利益だけを考えて行動する利己主義、あるいは世の中の秩序や価値を全て否定する虚無主義に陥るおそれは無いでしょうか。

二

個人主義の根本をなす個人の尊厳についても、欧米人は人間の全能の神とのつながりにこれを求め、神が人間を神の似姿とし、人間以外のこの世の全てのものを支配するものとして創造したところに人間の尊厳を求めるようですが、日本人は何に個人の尊厳を求めるのでしょうか。

私は、人間にとって一番大事なものは人間のいのちだと考えます。この考え方は、親や世間から得たものと思われますが、さかのぼれば、第二次世界大戦において、日本が兵士・民間人あわせて三百十万人を超える尊いいのちを失い、人類をも滅ぼしかねない原子爆弾を被爆したことから生まれたものと考えます。

人間のいのちは不思議なもので、一人ひとり独自のかけがえのないものであると同時に、そのつながりは際限が無く、そして重いと思います。

そこで、私は、個人の尊厳を個人のいのちに求めたら良いと考えます。

三

さて、自分のいのちを科学的に考察すると、父母の精子と卵子が結合した一個の細胞の受精卵から、母親の胎内で細胞分裂を繰り返して数十兆個の細胞をもつ胎児へと成長し生まれてきたものですが、受精前の父母の精子・卵子の遺伝子・細胞を通して、祖父母、曾祖父母、高祖父母……数限りない祖先とつながっており、そのつながりは、私たち人類が誕生したとされる二十万年前にさかのぼり、更に、地球上に生物が初めて誕生したといわれる三十八億ないし四十三億年前まで延々とさかのぼります。

これを逆にみれば、三十八億ないし四十三億年前の地球上の生物の誕生から現在の自分まで、いのちは延々と生き続け、地球が星との衝突により真っ赤に燃えたときは地下数キロメートルでやり過ごし、地球の表面全体がこおりついたときは火山の近くの温泉に避難し、いのちのリレーをくりかえし、姿形を変えながら、壮大なドラマを展開しつつ、いのちの炎は燃え続け、いのちのつながりを絶やしませんでした。だから自分がここにいるのです。

自分のいのちは、自分がつくったものでないのはもちろん、両親がつくったものともいえず、人間の力をはるかに超えた奇跡的な存在ということができましょう。私は、そこに個人の尊厳を認めることができると考えるのです。

この人力を超えた奇跡的な存在というべき個人のいのちの発現として、個人の精神や身体の活動があり、そこから人権として精神的自由権、身体の自由等が要請されるものと考えます。

また、人力を超えた奇跡的な存在としての個人のいのちという点では、社会的地位や家柄の違いはもちろん、男女の違い、民族の違い、人種の違いも関係ありません。そこに、根元的な個人の価値の平等を認めることができましょう。

四

ところで、人のいのちのつながりは、縦にだけでなく、横にもつながっていきます。

親子のつながりを十世代、約三百年さかのぼると、単純計算で約千人の自分と血のつながった親の親が存在し、三十世代、約九百年さかのぼると、自分の親の親の親は、約十億人にふくれあがります。

人のいのちの横のつながりを、私たち人類が誕生したとされる二十万年前までさかのぼれば、そのつながりは、民族を超え、人種も超えて、現在生存している世界中の人々をつなげることになるでしょう。

〝人類は皆兄弟〟という言葉に血がかよいます。

五

以上のような人のいのちの尊厳といのちの横のつながりをふまえて、個人の他の個人とのかかわりあい方を考えるならば、個人は、他者を否定したり無視したりするのではなく、他者の存在を認め、他者を生かして自分も生きる、譲り合うという形で他の個人とかかわるのが、理にかなっているといえるのではないでしょうか。

国と国、民族と民族、宗教と宗教とのかかわりあい方にあっても同様でしょう。

六

人類は、これからも何百年、何千年、何万年といのちをつなげていくのでしょうが、その間、大規模な気候変動など、地球規模の至難の問題に直面することもありましょう。

そのとき、私たち人類は、独善的に他者を排除し、争うという醜態をさらすのではなく、人間のいのちの尊厳といのちの横のつながりをふまえ、互いに相手の存在を認めあい、生かしあい、譲りあって、活路を開いていきたいものです。

おわりに

この小論が、僭越ながら、夏目漱石先生の『私の個人主義』（講談社学術文庫）という講演録の〈自己本位〉という考え方を、半歩でも前に進めることが出来ましたら幸いです。

雑感

一

今日の日本のように、個人中心のものの考え方をする人が多くなると、個人としての生き方が強く問われると思います。人間の生き方というと、私にはまず宗教が頭に浮かびますが、日本人は神道・仏教・儒教と永い歴史的かかわりあいをもってきました。しかし、特に第二次世界大戦後は、どの宗教にも深いかかわりあいをもたない人が多いと思います。

私の場合、幼い時は神社で七五三の祝いをしてもらい、結婚式も神前で行い、毎年正月には地元の神社に初詣に行っていますが、神道の教義は知りません。

他方、私の家には両親の位牌を祀った仏壇があり、また、近くのお寺には私の両親の墓があって、春秋のお彼岸やお盆には墓参りをし、法要のときはお寺の住職さんと一緒にお経も唱えていますが、その仏教宗派の教義は殆ど知りません。

ただ、「色即是空、空即是色」という言葉は、高校生の頃から私の心の片隅にあります。

高校生時代のある夜、私は自分の部屋で「色即是空」という言葉の意味を問い、この世の中に絶対のもの・永遠のものなど何も無く、太陽も地球も人類もいずれは……などと突き詰めて考えているうちに疲れて眠ってしまいました。

翌朝目が覚めると、部屋の外ではチュンチュン雀のさえずりが聞こえ、東側の窓からは朝日が差し込み、何か生きていること・いのちそのものを実感したような覚えがあります。そのとき、生きていること・いのちの実感からは、むしろ限りあるものこそいとおしく感じられ、そこから「空即是色」に転換するのかなと考えました。

また、儒教については、私は、学校の漢文の授業で『論語』を少々かじった程度ですが、私を生み育ててくれた親に対し孝養を尽くすことは、私の大切にしてきた生き方です。

次に、哲学書で世に個人の生き方を問うものは少なくないと思いますが、キリスト教の神に対する信仰に縁がなく、その意味でキリスト教文化に根をもたない多くの日本人の、常識レベルの知識・科学的素養で納得できる哲学が、現在の日本で必要なのではないでしょうか。この「日本人の個人主義」という提言を世に出す所以です。

二

この提言を書こうと思った直接のきっかけは、今から十数年前、私が、そんなに空いてもいない朝の通勤電車の中で、通路に車座になって座って談笑する五～六名の高校生を目にしたことにあります。「傍若無人」という言葉がピッタリする光景ですが、私は、このような高校生が大人になって築いていく日本の社会は、いったいどんな世の中になっていくのだろうと、不安になりました。

日本では、欧米に追い付け追い越せの掛け声のもと、一九五〇年代後半以降の高度経済成長により国民の生活が物質的に豊かになるにつれて、「他人のことは他人に任せ、個人個人がそれぞれ自分のことを考えて一生懸命働けばいい、それで国民全体も豊かになる」という個人中心の考えが広まり、第二次世界大戦後の窮状の中で育まれてきた助け合いの精神や人と人とのつながりは、希薄化の一途をたどってきたように思います。

しかし、オイルショックを経て平成の時代になり、バブル経済の崩壊によって日本経済は本格的な後退局面に入り、しかも阪神・淡路大震災や東日本大震災・福島原発事故など大災害が続発し、更に急激な少子高齢化が進展するという困難な時代に足を踏み入れるなかで、今日の日本では人と人との助け合いや結びつきを強めることが必要であり、そのことを国民一人ひとりが自覚することが喫緊の課題になっていると思います。

そのような時代の要請に、私も日本国民の一人として、私なりに応えていきたいと思っており、この提言が少しでもお役にたてれば幸いです。

三

私は、戦後生まれですが、幼い頃より、親や世間（学校の先生、近所のおじさん・おばさん、漫画・小説・新聞・ラジオ・テレビなど）から、世の中で一番大切なものは一人ひとりの人間のいのちだよと、教えられてきたような気がします。

親からは、常々、様々なかたちで自分のいのちを大切にするように教えられました。

私は、幼い頃から魚取りが好きで、自宅から少し離れた大きな川に、ときには近所の友達と数人で、ときには一人で魚取りにいきました。

母は、大川での魚取りが危険を伴うので、常日頃から私に対して行くなと言いたい気持ちは山々だったそうですが、行くなと言えば私は隠れて行くに違いない、そうするともっと危険になると思い、行くなとは言わなかったそうです。その代わり、母は、大川に魚取りに行く道筋を予め自らたどり、どのような危険があるかを具体的に確認したうえで、私に対し、一つ一つの危険を自分の頭で考えるように仕向けていたそうです。

小学校の低学年の頃だったと思います。台風が過ぎ去ったばかりの大川に、小雨がぱらつく午後、私は数人の友達と一緒に魚取りにいきました。

母には魚取りに行くことは伝えましたが、友達と一緒に行くことは伝えませんでした。日が暮れても私が自宅に戻らなかったものですから、母は心配し、薄暗い中、大川や途中の道筋の小川を捜し回ったようです。私を見つけられなかった母ががっかりして自宅に戻ると、私が家に戻っていたものですから、母はほっとすると同時に私にどうしていたのか尋ねました。

すると私は、大川に行ったけど水かさが増し流れが速く水が濁っていたので魚取りはあきらめて、一緒に行った友達の家で遊んで夕食もごちそうになった、と答えたようで、そのあと母から散々叱られたのを覚えています。日頃から危険を自分で考えるように仕向けられていたために、大事ないのちを無駄にせずにすみました。

また、私が二十代半ばに病気でひと月ほど入院した時、母は、昼間一人前に働いた後、夕方には私の病気に効き目があるというカルシウムの豊富なスープを作って、毎日、自宅や仕事先からだいぶ離れた病院までバスで来てくれました。

学校の先生では、私が小学校三年生の時の担任の先生が、夏休みに入るとき私の母に、宿題をやるのは大事なことだけれど、もっと大事なことは夏休みが終わった時に私が元気な姿を先生に見せることだ、とおっしゃったそうです。その先生は、少し前に小学生の息子さんを亡くされたのだそうで、先生が愛息を亡くされてどれだけ悲しい思いをされていたかと、今思っても切ないばかりです。

政治の世界では、一九七七年に日本赤軍が起こしたダッカ日航機ハイジャック事件において、日本政府は人命救助を最優先し、当時の総理大臣が「一人の命は地球より重い」と述べて、身代金の支払いや日本赤軍の収監メンバーの引き渡しに応じたことがマスコミで報じられました。

ただ、「一人の命は地球より重い」という言葉は、キリスト教徒にとっては、神が人間を神の似姿とし、人間以外のこの世の全てのものを支配するものとして創造したと考えるようなので、言葉通りの意味で違和感はないと思いますが、キリスト教徒ではなく絶対的な神の存在を想定しない多くの日本人にとっては、人の命の大切さを強調する比喩的な表現と言ったほうが分かりやすいと思います。

四

私は、「世の中で一番大切なものは一人ひとりの人間のいのち」という考え方の歴史性については考えたことがなかったのですが、この提言を考えるなかで気が付きました。

戦前は天皇制国家であり、国や天皇陛下のために臣民は命を惜しむなという考えが強く、また江戸時代には士農工商という身分制度がしかれ、最上位の武士も藩や主君のために命を惜しむなという考えが強かったのではないでしょうか。その前の戦国時代は勿論、貴族の時代でも、「世の中で一番大切なものは一人ひとりの人間のいのち」という考えは、一般的なものではなかったのではないかと思います。

それが、一方、第二次世界大戦の敗戦により日本を神国とする考えは衰退し、天皇陛下の人間宣言などにより天皇陛下を現人神とする考えも衰退し、他方、第二次世界大戦により日本の兵士・民間人あわせて三百十万人を超える死者を出すなかで、その死者に寄せる国民の思いと、その親・子・兄弟・妻・恋人・友人達の深い悲しみが、多くの日本人に「世の中で一番大切なものは一人ひとりの人間のいのち」という考え方を抱かせるに至った、と私は考えます。

第二次世界大戦により、世界で約五千万人の人が亡くなったと言われていますが、日本でも兵士・民間人あわせて三百十万人を超える死者を出したという事実は極めて重いと思います。

更に、一九四五年八月、昭和天皇の終戦を告げる玉音放送が、もしも一億玉砕・徹底抗戦を叫ぶ軍部の人間により阻止されていたら、アメリカ・ソ連など連合軍との本土決戦が現実のものとなっていたのではないでしょうか。

本土決戦になり、女性や子供たちも、それまで訓練していた竹やりで連合軍の近代兵器に立ち向かい、捕虜の辱めを受けるくらいなら自決しろ、という考えで戦いに臨んでいたら、死者は幾千万人にも及んだでしょうし、私も生まれていなかったと思います。更に、敗戦後、国土は分割統治されていた可能性が高いと思われます。

この大戦で死亡した三百十万人を超える人達も、兵士として戦地で銃弾に倒れた人、撃沈された戦艦と運命を共にした人、食料の補給がない中で戦地の密林・原野をさまよい餓死した人、特攻隊として自分の乗った航空機・魚雷ごと敵艦に突入した人、民間人で沖縄の地上戦で命を失った人、本土空襲で焼死した人、広島・長崎で原爆に曝された人など様々だと思いますが、そのうち百十万人を超える兵士の遺骨は、現在も異国の山野や海の底深くに眠っていると言われています。

そんな死者たちに我々が思いを馳せるかぎり、彼・彼女らは我々の心の中に生き続けていくでしょうし、「世の中で一番大切なものは一人ひとりの人間のいのち」という考えも、我々の心の中に生き続けていくと思います。

第二次世界大戦後、国連において世界人権宣言が採択され、これを基礎に国際人権規約が締結され、人間の尊厳の原理が宣明されていますが、その底には、第二次世界大戦で亡くなった約五千万人の方々の一人ひとりのいのちに寄せる世界中の人々の思いが流れているのではないでしょうか。

五

ところで、「いのち」という言葉を『広辞苑』(第七版　岩波書店)

で調べてみると、「生物の生きてゆく原動力」と記載されています。

自分のいのちを考えてみると、まず私は母親の胎内からおぎゃーと生まれたわけですが、その前は母親の胎内で、十月十日へその緒を通して栄養補給を受けながら、一個の細胞の受精卵から細胞分裂を繰り返して数十兆個の細胞をもつ胎児へと成長しており、受精前は母親の卵子と父親の精子であり、それらを作った母親・父親の体はそれぞれの父母（私の祖父母）の精子と卵子が受精して成長し出生したものであり、祖父母の体はそれぞれの父母（私の曾祖父母）の……と、このようにたどっていくと、明治時代の先祖、江戸時代の先祖、戦国時代の先祖、鎌倉時代の先祖、平安時代の先祖、奈良時代の先祖、古墳時代の先祖、弥生時代の先祖、縄文時代の先祖……と、数限りない祖先とつながっていきます。

そのつながりは、私たち人類（大きな脳を持ち、言葉を話す）がアフリカで誕生したとされる二十万年前にさかのぼり、更に、約二百万年前から原人（火を使うようになった）、約七百万年前から猿人（二足歩行をし、森林の樹上生活から草原の地上生活に移行し、原始的な石器を使うようになった）とさかのぼります。

人類の祖先は、約三千五百万年前には、地球の急激な寒冷化により生存条件が厳しくなる中で、猿の姿に近い真猿類に進化したようです。

この真猿類は、高い樹上で生活する中で目が発達し、中心窩《か》のある高い解像度と三色色覚の目をもち、目の揺れを防ぐ眼窩後壁《がんかこうへき》を有していたようです。また表情筋の発達により豊かな表情による深いコミュニケーションが取れるようになると、群れで生活するようになり、その結果、交尾の相手を見つけやすくなり、また協力してエサを探せるようになり、更に猛禽類から共同して身を守ることが出来るようになり、やがて役割分担のあるより複雑な社会を形成するようになっていったようです。

約五千五百万年前には、大きさはネズミくらいですが握力のある手足と顔の正面に並んだ目（立体視が可能になる）をもつ霊長類に進化し、その後の地球温暖化により巨木の森が形成され樹上の世界が広がる中で、昼の世界で活動するようになったようです。

約二億三千万年前から約六千五百万年前の恐竜が栄えた時代には夜行性の小さなネズミのような姿をした哺乳類として樹上で生活し、やがて低酸素状態に適応するため卵生から胎生に進化したようです。

約三億一千万年前から体長六十センチメートルほどのイグアナのような哺乳類型爬虫類として生き、約三億六千万ないし三億五千万年前に海から陸に上がった当時は体長一メートルほどのオオサンショウウオのような両生類だったようです。

陸に上がる前は魚類として海の中で生活していたようですが、約六億年前には、体長六センチ程のオタマジャクシのような形で脊椎の原型の脊索《せきさく》をもち、やがて顎《あご》をもつようになり、弱肉強食の世界が展開されるようになると淡水に移動し、肺をもち、手を持ち、足を持つように進化していったようです。

約十七億年前からは複数の真核生物がつながりあった多細胞生物（現在のべん毛虫という動物プランクトンに似た生物）として生き、約十九億ないし二十一億年前から細胞内に核をもつ単細胞の真核生物として生き、約三十八億ないし四十三億年前の地球上の最初の生物（細胞内に核をもたない単細胞の原核生物・バクテリア）の誕生まで延々とさかのぼります。

このようないのちの歴史が刻まれた地球には、大きな変動が何度もあり、その変動を乗り越えるためにいのちは進化を遂げてきたとも言えそうです。

まず、地球は今から四十六億年ほど前に誕生し、四十三億年ほど前には海が誕生したと言われていますが、四十億年ほど前に、直径四百キロメートルもの巨大隕石が地球に衝突した可能性があるという指摘があります。

この衝突により、直径四千キロメートルのクレーターができ、衝突時に発生したと考えられる四千℃という高熱（太陽の表面温度に近い）は岩石蒸気を生ぜしめ、この岩石蒸気は二千℃という高熱で一年ほど地球全体を覆い、地球の全海洋を蒸発せしめ、海底の岩石も溶かし溶岩のようにドロドロにしてしまった可能性があるというのです。

この衝突の前に地球上に生物が誕生していたとしても、まず海の中にいた生物は全滅していたに違いありません。生物の体をつくるタンパク質は、百数十度を超えると壊れてしまうといわれているからです。

ところが、全海洋が蒸発した後も、地下一キロメートル以上四キロメートル以下の範囲では、温度は五十℃以下に保たれるということが、研究により明らかになってきました。

すると、地下深くまで進出していた微生物は、全海洋蒸発後も生き残り、それから三千年後に海が復活すると、地下を離れ、海に再進出するものが現れてもおかしくありません。その中に私たちの祖先がいたことも、十分考えられると思います。

他方、約二十二億ないし二十四億年前には地球全体が凍結し、約七千万年のあいだ大陸は厚さ数千メートルの厚い氷に覆われ、海も厚さ千メートルの氷に閉ざされた可能性のあることが指摘されています。

しかし、この間も火山活動は止むことなく、そこから湧いた温泉が微生物の避難場所になり、地球上の生物は生き延びたようです。

また、約六億ないし八億年前にも地球全体が凍結し、それは百万年以上続いた可能性のあることが指摘されていますが、地球上の生物はこれも乗り越え、全球凍結が終わった後は、全球凍結前を大きく上回る多様な多細胞生物に進化したと言われています。

更に、地殻変動に伴う大陸大移動は、特に陸環境を大きく変化させ、より複雑で多様な生態系を築き上げていったようです。

また、四億四千万年前・三億六千五百万年前・二億五千万年前・二億一千万年前・六千五百万年前の五回にわたって、地球上の生物の大量絶滅があったと言われており、そのうち二億五千万年前には、西シベリア北の想像を絶する火山の大爆発などが原因と思われる地球の超高温と低酸素により、地球上の生物の九十六％の種が滅亡し、六千五百万年前には、直径約十キロメートルの巨大隕石の衝突により巻き上げられた粉塵が地球の大気を厚く覆いつくし、何千年もの間太陽光を遮断し、地球全体が暗闇に閉ざされ、その結果招来した急速な寒冷化により、恐竜をはじめ地球上の生物の七十％の種が滅亡したとの指摘がありますが、人類の祖先はこれらの激変にも何とか適応・進化し、いのちをつないだようです。

（以上の地球変動及び生物の進化については、『ＮＨＫスペシャル地球大進化　46億年・人類への旅』〈一～六巻　日本放送出版協会〉を参考にさせていただきました）

六

自分のいのちは、自分が造ったものでないことは納得していただけると思いますが、親についても、親は自分を産んでくれたということはできても、親が自分のいのちを造ったとはいえず、結局のところ、自分のいのちは人間が造ったとはいえないと思います。

また、自分のいのちは、地球上の最初の生物の誕生まで、延々と気が遠くなるようなつながりを有し、そのいのちの連鎖の一つでも欠けたら、今の自分は存在しません。

そして、単細胞のバクテリアとして地球上に誕生してから、数十兆個の細胞を有する現在の自分の誕生に至るまでの、筆舌に尽くしがたい様々な困難を乗り越えた複雑な進化のプロセスは、全て現在の自分を形作っている細胞・遺伝子に凝縮されているものと思われます。

自分のいのちは、人力を超え、自分の想定もはるかに超えた奇跡的な存在、不思議で神秘的で厳かな存在ということが出来ましょう。

私は、そこに、個人主義の根本、すなわち個人中心のものの考え方を根本において支える「個人の尊厳」を認めることが出来ると考えるのです。

七

「個人の尊厳」の尊厳は、『広辞苑』(第七版　岩波書店)によれば、「とうとくおごそかで、おかしがたいこと」と記載されていますが、私がこの言葉に特に関心を持つようになったのは、資格試験の受験のために、日本国憲法を勉強するようになってからです。

一方で、日本国憲法は、平和主義・国民主権主義・基本的人権尊重主義の三つの基本原理を柱としていますが、更にそれらの根本原理として個人の尊厳があるとされ、他方で、個人の尊厳とは「個人が生まれながらにもっている人間としての尊厳」と説明すれば十分で、それ以上詮索する必要なし、という風潮がありました。

これに対し、私は、「個人の尊厳」が日本国憲法の根本原理というのであれば、「個人が生まれながらにもっている人間としての尊厳」という説明を、更に深く考察する必要があるのではないかと思いました。

その後、ヨーロッパ人の著書などから、欧米人（但し、敬虔なクリスチャン）は、人間の尊厳を、全能の神が人間を神の似姿とし人間以外のこの世の全てのものを支配するものとして創造したところに求めるようだ、ということは分かりましたが、日本の憲法学者や哲学者が人間の尊厳をどのように考えているかは分かりませんでした。

だいぶ経ってからですが、ある時、行きつけの喫茶店で店のマスターと、日本人と宗教について話していたとき、人間のいのちが話題となりました。人のいのちは、際限なく過去に遡ってつながっており、そのつながりの一つでも欠ければ今の自分はいない、という不思議な存在だというわけです。そのとき私は、ふと、人間のいのちは宗教と同次元で語られる問題なのか、と思いました。

それからしばらくして、私は「個人の尊厳」を「個人のいのち」に求めたらどうかと考えるようになりました。

八

さて、日本国憲法は、平和を重んじ、国民を主権者とし、その精神の自由、身体の自由、経済の自由などの自由権や平等権、参政権、生存権等を永久不可侵の基本的人権として保障し、これらに見合った民主的統治組織を定めています。

基本的人権については、憲法の定めによって初めて認められる権利ではなく、憲法以前に存在する権利とし、その根拠を、キリスト教の信仰を前提にして神から与えられたことに求める考え方や、人間の本性に根ざした自然法に求める考え方があります。

しかし、それではキリスト教の信仰をもたない者や、自然法というものを解さない者には、根拠となし得ません。

そこで、基本的人権が憲法以前の権利とされる根拠を、端的に個人の尊厳に求め、「個人が生まれながらにもっている人間としての尊厳」に根拠があるとする考えがあります。

「個人が生まれながらにもっている人間としての尊厳」とは何でしょうか。問うまでもない明らかなことでしょうか。

人間の尊厳を人間の神とのつながりに求める考えのほかに、一人ひとりの人間の個性に個人の尊厳を求める考えや、個人の人格に個人の尊厳を求める考えなどがあります。

「個性」は、『広辞苑』(第七版　岩波書店)によれば、「個人に具わり、他の人とはちがう、その個人にしかない性格・性質」とされています。

「人格」は、同書によれば、「自律的意志を有し、自己決定的であるところの個人」とされ、講談社発行の『事典・哲学の木』によれば、「人格とは、代替不可能な、各々が唯一で、尊厳をもつ理性的な存在」とされています。

これに対し、私は、個人の尊厳を、個人のいのちに求めることを提案したいのです。

個人のいのちは、その人独自のかけがえのないものであって、そのいのちが個々に生き生きと輝くことが大事なことは勿論ですし、そのいのちが個として寿命を全うし、類として存続・繁栄していくために理性が必要なこともその通りだと思います。

しかし、私は、個人の理性だけでなく感情や本能も含めた個人のいのち、地球上の生物の誕生まで延々とつながる人力を超えた奇跡的神秘的存在としての個人のいのちに、個人の尊厳を求めたいのです。個人の尊厳に、個人中心でありながら個人の枠を超えていく広がり・つながりを見出したいのです。

その人力を超えた奇跡的存在としての個人のいのちの発現として、その人の精神的・肉体的活動があり、そこから基本的人権としてその人の精神の自由、身体の自由、経済の自由や生存権等を守ることが要請され、また、人力を超えた奇跡的な存在としての個人のいのちという点では、社会的地位や家柄の違いはもちろん、男女の違い、民族の違い、人種の違いも関係なく、そこに、根元的な個人の価値の平等を認めることができると考えます。

九

ところで、人のいのちのつながりは、直系血族をたどる縦にだけでなく、傍系血族に広がる横にもつながっていきます。

親子のつながりを縦に十世代、約三百年さかのぼると、単純計算で約千人の自分と血のつながった親の親が存在し、三十世代、約九百年さかのぼると、自分の親の親は、約十億人にふくれあがります。

勿論、そこには血族の重複があり、実際はずっと少ないと思いますが、そこから横に広がる、親・祖父母・曾祖父母・高祖父母……を同じくする傍系血族は膨大な数にのぼり、縄文時代までさかのぼれば、現在の日本人は皆つながるのではないでしょうか。

更に、人のいのちの横のつながりを、海を越えて、アジア大陸・東南アジア・インド・西アジア・アフリカへとたどり、私たち人類が誕生したとされる二十万年前までさかのぼれば、そのつながりは、民族を超え、人種も超えて、現在生存している世界中の人々をつなげることになるでしょう。

まさしく人類は、広い意味で皆兄弟ということができ、言葉通り「みんな同じ人間」ということができます。

そして、兄弟仲良く暮らせ、というのは、私が幼い頃から、親によく言われてきたことです。

一〇

以上のような人間一人ひとりのいのちの尊厳といのちの横のつながりをふまえて、個人の他の個人とのかかわりあい方を考えるとき、個人は、他者を否定したり無視したりするのではなく、他者の存在を認め、他者を生かして自分も生きる、譲り合うという形で他の個人とかかわるのが、理にかなっているといえるのではないでしょうか。

そして私は、このことは、国と国、民族と民族、宗教と宗教とのかかわりあい方にあっても同様だと考えます。

国益と国益の衝突、民族主義と民族主義のぶつかり合い、異なる宗教間の争いは、現代世界の重大かつ困難な問題ですが、人間一人ひとりのいのちの尊厳といのちの横のつながりの観点から、◎他国の存在を認め、他国を生かして自国も生きる、譲り合う、◎他民族の存在を認め、他民族を生かして自民族も生きる、譲り合う、◎他の宗教の存在を認め、他の宗教を生かして自分の宗教も生きる、譲り合う、というのが、理にかなっていると思うのです。

二

いのちの尊厳という場合、人間以外の動物や植物のいのちの尊厳も問題となります。

キリスト教徒のように、神が人間を神の似姿とし、人間以外のこの世の全てのものを支配するものとして創造したと考えれば、必然的に尊厳は人間だけに認められることになると思われますが、私のように、人力を超えた奇跡的神秘的存在たるところに人のいのちの尊厳を認めるならば、人間以外の動物や植物にもいのちの尊厳を認めることになると思います。

その場合、まず、種としての人類の血のつながりや、人間が他の動物や植物のいのちをもらわずには生きていけない存在であることが、我々にとっての人のいのちの尊厳の相対的重要性として顧慮される必要があると思います。

更に、人の場合、生物種として人類という類的存在であるだけでなく、人のいのちの精神的発現としての言語活動や音楽・絵画などの芸術による文化的つながりからも類的存在ということが出来、そうした側面も、我々にとっての人のいのちの尊厳の相対的重要性を高めるものだと思います。

人間以外の動物や植物のいのちについても、人類の存続・繁栄との調和を図りつつ、その尊厳は認められなければならないと考えますが、人間以外の動物に対する処し方は、宗教や民族により差異があるようです。

例えば、イスラム教では、豚肉を穢れた存在として食べることを禁じ、ユダヤ教では、クジラ・イルカ・ラクダ・イカ・タコ・ハマグリ等数多くのものを食べることを禁じ、ヒンズー教では、牛を聖なる動物として崇拝するため、牛肉を食べることを禁じているようです。

インドの土着のジャイナ教では、不殺生の見地から、肉を食べてはいけないだけでなく、虫も潰したり、呑みこんだりしてはならないようです。

北海道のアイヌ民族は、熊の肉を食するが、熊を特別な力をもった動物とみなし、熊を殺してその肉を食する時は、熊送りの儀式を行い、供物を供えて熊の霊を熊の国に送り返すといいます。

宗教や民族による、人間以外の動物に対する処し方の違いは、基本的には尊重されるべきものだと思います。

一二

先日、テレビを通して、「いのちの大切さを伝える助産師出前講座」が群馬県の小学校や中学校などで行われていることを知りました（この講座は、生徒の保護者の参加も重視しているようです）。その後、インターネットで調べたところ、この講座は、平成九年に起きた神戸の児童連続殺傷事件をはじめ、子供達による凶悪犯罪が問題となる中で、いのちの現場にいる助産師として何かお役に立てないだろうか、いのちの大切さを伝える講座の開設はどうだろうか、ということで始まったそうです。

まず、針で小さな穴を開けた紙が生徒たちに配られ、その針穴ほどの受精卵が自分の大きさだったことを知らせ、次に、月齢ごとの本物と同じ大きさ・重さの胎児人形を抱いてみることで、十カ月間の驚くべき成長を体感させる。

次いで、妊婦さんに協力してもらい、胎児と生徒の心音を聞き比べ、全力疾走したときのような胎児の速い心音に、生徒達は、自分も胎内で成長し生まれてくるために頑張ってきたことを知る。

その後、子宮をイメージした大きなピンク色の袋が登場し、その中から胎盤とへその緒でつながった代表の生徒が、周りの応援を受けながら、自分自身の持てる力を振り絞り、頑張って生まれてくる。

その後で、実際の出産シーンをビデオで鑑賞し、実際の映像ならではの迫力の中で、つらそうな母親の姿、子供の誕生を喜ぶ家族の姿を観て、生徒たちは、自分が母親と共に出産・誕生というすごいことをやり遂げたということ、自分が多くの人々の願いがぎっしり詰まって送り出されてきた「世界でたった一つの宝物」であることを実感する……というわけです。

最後に、助産師会から、「生きてるだけで一〇〇点満点」という言葉が、生徒達に贈られるようです。

参加した保護者の一言……「生まれてきてくれて、ありがとう」

参加した生徒の一言……「つらい中産んでくれて、ありがとう」

参加した生徒の感想文として、「死にたいと思ったことが何度かあるが、私にもすごいところがあるのだと分かり、うれしかった」「自分は生きていていいんだと思えて、心が前より軽くなった」……などと寄せ、自尊感情を高められたようでした。

子供たちは、理屈を超えて、自分のいのちそのものを実感することが出来たのではないでしょうか。

一人ひとりの人間尊重の教育として、素晴らしいと思います。

一三

今から二十年ほど前のことですが、近くの小学校の保護者あての配布物をたまたま目にしたところ、その配布物に「価値観の多様化をふまえ、生徒の個性を尊重した教育」という記載がありました。

私がちょうどその頃、小学五年生の子供に、私立中学受験についで友達とはどんな話をしているか尋ねたところ、「そんな深刻なことは、友達との間で話題にしないのが暗黙のルール」と言われ、驚いた記憶があります。

今日の日本の学校に特有の傾向として、まわりの空気を読んで、まわりと合わせることが要求され、自分の意見を自由に言えない、という指摘を思い出します。

自分の言動に対する周囲の人の反応を意識することは、コミュニケーションを図る上で当然必要なことだと思いますが、それをふまえてどのように考え、ふるまうかが問題だと思います。

価値観の多様化をふまえ、生徒の個性を尊重すると、生徒同士の考えがぶつかり合うことが予想されますが、そのとき大事なのは、ぶつかり合いを避けることではなく、ぶつかり合う考えの違いを受け止め、それをいかに調整するかに力を注ぐことではないでしょうか。

そのとき要請されるのが、互いに相手の考えを尊重するという姿勢だと思いますが、価値観の異なる相手の考えを尊重するというのは、簡単なことではないと思います。

まず、価値観を異にする相手の考えを理解し、自分の考えとの違いを認識し、更にどこからその違いが生ずるのかを遡って考究し、その上で知恵を絞って円滑な共同生活を営んでいく、ということになると思いますが、それにはその前提として、相手の人間そのものを尊重する（ありのままの相手をそのまま一人の人間として認める）気持ちが必要だと思います。

相手の人間そのものを尊重する気持ちは、どのようにしたら養われるか、といえば、それは自分が親や学校の先生から、一人の人間として尊重されることと、他人も一人の人間として尊重しなければならないとの教育を受けることによるのではないでしょうか。

他人も一人の人間として尊重しなければならないとの教育において、自分も他人もそれぞれ一人の人間として奇跡的・神秘的ないのちの尊厳を有し、しかもそのいのちはつながっていることを確認することは、意味があると思います。

日本の伝統的な〝和〟の精神も、聖徳太子の十七条憲法の「和をもって貴しとなす……」をふまえるならば、まわりの空気を読んで自分の主張を差し控えることを求めるものではなく、狭い仲間意識にとらわれず、みんなで和やかに活発な意見をかわすことにより道理に達することを目指すものとして、各人の自由な主張・議論を容認するものと考えます。

急激な少子高齢化により定住する外国人の増加が見込まれる今後の日本にあって、価値観の異なる相手の考えを尊重する姿勢は、ますます重要になってくるものと思います。

一四

学校での日本史の授業において、近現代、とりわけ昭和以降の学習は後回しにされ、最後時間切れで結局のところ深くは学ばない、という傾向があったように思います。

確かに昭和以降というと、私たちの近親がかかわっており、単なる客観的な歴史的事実では済まない面があるため、教えるのは難しいかもしれません。

しかし、近隣諸国ではその歴史をそれぞれの国の立場でしっかり教えており、私達日本人だけ学ばないというわけにはいかないと思います。

また、自分なりの歴史観を築いていくうえで、自分に直接つながる近現代が空白では、血の通った生きた歴史観を築くことは不可能だと思います。

ただ、教え方に一考が必要だと思います。すなわち考え方の分かれる問題については、色々な見方・考え方があることと、それぞれの根拠を丁寧に教える必要があると思います。

その場合、試験の方法も難しいとは思いますが、工夫してやっていけばできるものと確信しております。

近現代の日本史を学校できちんと教えることにより、日本の若者も近隣諸国の若者に対して、自信を持って自分の国の歴史を語ることが出来るようになると思います。

一五

科学に裏打ちされた理性の世界では、人間は死ねば肉体が消滅し、脳と一緒に精神も消滅することになると思いますが、私は人間には理性を超えた情念の世界があると思います。

『大辞林』（第三版　三省堂）によれば、情念とは「深く心に刻みこまれ、理性では抑えることのできない、悲・喜・愛・憎・欲などの強い感情」をいうものとされています。

その情念の世界において、私の親は、その親（私の祖父母）が亡くなった後も自分を見守ってくれていると信じていました。私も、既に亡くなった私の両親が愚かな私をいつも見守ってくれていると思っています。また、私は、自分が亡くなった後も自分の子供たちを草葉の陰から見守りたいと思っています。

一六

日本国憲法の研究者で、「日本国憲法の根本に流れている個人主義の考え方は、キリスト教に由来する近代ヨーロッパの思想である」と考えている人は少なくないと思いますが、日本を占領したG

HQ作成の憲法草案に基づき、日本国憲法が制定・施行された当時は、日本人の思想との関係を問わなかったのもやむを得なかったと思います。

また、「個人主義の根幹をなす個人の尊厳は、個人が生まれながらに有する人間としての尊厳である」と唱える憲法研究者も多いと思いますが、日本国憲法施行当時の不安定な政治・社会情勢の下では、キリスト教神学などによりこれを更に深く掘り下げることをしなかったことにも理由があると思います。

しかし、日本国憲法が施行されてから七十年余りが経過し、その条項や制度は定着しているとされる今日にあっては、日本国憲法の根本原理とされる個人主義の考え方も、日本人なりの考え方・思想で咀嚼され、深く考察される必要があるのではないでしょうか。

日本人は、中国から輸入した漢字からひらがなを生みだし、中国・朝鮮経由で輸入した仏教から奈良仏教・平安仏教・鎌倉仏教を生みだしました。また明治以降、欧米から学問・技術・音楽・絵画などを広く学び吸収してきました。

ところが、キリスト教については、十六世紀に日本に入ってきたにもかかわらず、その信者数は日本人の一%を超えることはなく、第二次世界大戦後、新しい日本国憲法のもとで信教の自由が確立され、自由に布教活動を展開できるようになっても、その比率は変わらなかったようです（韓国では今日国民の三十%がキリスト教信者であり、更に日本と同じく十六世紀にキリスト教が入ったフィリピンでは九十%がキリスト教信者であるのと対照的です）。

このように多くの日本人がキリスト教の神に対する信仰に縁がなく、その意味でキリスト教文化に根をもたない以上、キリスト教に由来する近代ヨーロッパの思想をもって日本人の思想ということは無理があると思います。

では、日本国憲法の根本原理とされる個人主義に関する日本人の思想とは何でしょうか。

日本人は思想と呼べるようなものは持っていない、という人もいます。

確かに日本人の多くは、「貴方は思想を持っていますか」と問われれば、「特に思想といえるようなものは持っていない」と答えるかもしれません。

しかし、「貴方は全体主義者ですか、それとも個人主義者ですか」と問われれば、大方の人は「個人主義者です」と答えるのではないでしょうか。

『新明解国語辞典』(第五版　三省堂)によれば、全体主義とは「個人の自由・幸福よりも社会集団・国家の利益の方が重要であるとし、それに奉仕することを強要する主義」、個人主義とは「個人の価値を重んじ、その独立・自由を主張する主義」とされ、個人主義に類する利己主義については「自分だけの利益・幸福・快楽を求めて、他人の立場を全く考えない態度」とされています。

私は小学生の頃、学校で、「個人主義と利己主義は違う。利己主義は自分のことだけを考えて行動する考え方なのに対し、個人主義は自分のことだけでなく他人のことも考えて行動する考え方で、個人主義は良いが利己主義は良くない」と教わりました。

日本人の個人主義における個人には、一人の人間の肉体と精神は内包されますが、欧米のクリスチャンにおける個人主義と異なり、神による最後の審判の前提となる「不滅の霊魂」は包含されないと思います。そのかわり、肉体も精神もいのちの存在を当然の前提としており、しかも日本人は、人間にとって一番大切なものは一人ひとりの人間のいのちであると思っているのではないでしょうか。第二次世界大戦により日本の兵士・民間人あわせて三百十万人を超える死者を出し、その死者に寄せる国民の思いと親・子・兄弟・妻・恋人・友人達の深い悲しみが、日本人に「世の中で一番大切なものは一人ひとりの人間のいのち」という考え方を強く抱かせ、今日に至っていると私は考えます。

利己主義者であれば、自分のいのちは別として、他人のいのちよりお金の方が大事で、大金が得られるならば人を殺すことも辞さない、ということになるのかもしれませんが、ほとんどの日本人は、他人のいのちも含めて、人間のいのちの方がお金よりも大事と考えていると思います。

キリスト教など一神教の世界では人間のいのちより神の存在の方が大切なのでしょうから、この「人間にとって一番大切なものは一人ひとりの人間のいのちである」という日本人の考えは、一つの思想と言ってよいのではないでしょうか。

日本国憲法の平和主義・国民主権主義・基本的人権尊重主義の三つの基本原理の更に根本にある原理とされる個人主義の考え方を、日本人の思想によって咀嚼しようとするとき、個人主義の根幹をなす個人の尊厳をどのように解するかが問われると思います。

日本の多くの憲法研究者が、「個人の尊厳は、個人が生まれながらに有する人間としての尊厳である」とする中で、更にこれを掘り下げ、一人ひとりの人間の個性に個人の尊厳を求める考えや、個人の人格に個人の尊厳を求める考えなどがありますが、私は「人間にとって一番大切なものは一人ひとりの人間のいのちである」という日本人の思想に個人の尊厳を求めたいと考えます。

即ち、私は、一人ひとりの人間のいのち、理性だけでなく感情や本能も含めた個人のいのち、地球上の生物の誕生まで延々とつながる人力を超えた奇跡的神秘的存在としての個人のいのちに、個人の尊厳を求めたいのです。そして、そこから日本国憲法の基本的人権としての自由・平等や国民主権主義・平和主義を根拠づけていきたいのです。

なお、「人間の尊厳」と「個人の尊重」という言葉づかいは正しいが、「個人の尊厳」という言葉づかいはおかしい、という指摘があります。

「人間の尊厳」は絶対のもので失われることはないが、「個人の尊重」は公共の福祉に反しない限りという限定が付されたりするように例外が認められ、「個人の尊厳」は性質の異なる両者をいっしょくたにしているというわけです。

しかし、この指摘はキリスト教の考え方を前提にしているように思われます。即ち、「人間の尊厳」は絶対のもので失われることがないというのは、「人間の尊厳」を、絶対者たる全能の神が人間を神の似姿とし人間以外のこの世の全てのものを支配するものとして創造したところに求めることと密接に結びついているように思われます。

これに対し、「人間の尊厳」を一人ひとりの人間のいのちに求めるならば、それは人力を超えた奇跡的神秘的存在とは言えても絶対のものとは言えないので、「個人の尊重」と峻別する必要はなく、「個人の尊厳」という言葉づかいもおかしくないと考えます。

あとがき

この提言が世に出ることが出来たのは、東京図書出版様のおかげです。

ありがとうございました。

参考文献

『憲法とその〝物語〟性』（佐藤幸治　有斐閣）
『日本国憲法哲学』（ホセ・ヨンパルト　成文堂）
『私の個人主義』（夏目漱石　講談社）
『ＮＨＫスペシャル　地球大進化　46億年・人類への旅』（日本放送出版協会）

日本人の個人主義

2019年９月20日　初版第１刷発行

著　者　真水一滴
発行者　中田典昭
発行所　東京図書出版
発売元　株式会社 リフレ出版
〒113-0021　東京都文京区本駒込 3-10-4
電話 (03)3823-9171　FAX 0120-41-8080
印　刷　株式会社 ブレイン

ISBN978-4-86641-276-4 C0095
Printed in Japan 2019

ご意見、ご感想をお寄せ下さい。

［宛先］〒113-0021　東京都文京区本駒込 3-10-4
東京図書出版